Renée Robitaille

Quand je tousse, j'ai des poils qui poussent

ILLUSTRATIONS
Marie-Pierre Normand

MUSIQUES
Jérôme Minière

« Petits poèmes pour rêver le jour »

Les fruits séchés

Pour mon goûter,
je construirai un château
en briques d'abricots.

Pour regarder au loin,
une tour en raisins.

Pour traverser ses berges,
un pont de canneberges.

Pour me défendre,
des catapultes de gingembre.

Un chevalier
en figues
galopera sur ses digues.

Mais quand il pleuvra
des perles d'ananas,
mon château s'écroulera.
Patatras!
dans mon estomac.

Quand
je serai
grand

« Papa, demande Nicolas,
quand tu seras grand,
tu feras quoi ? »
« Quand je serai grand,
répond papa,
je serai avocat. »

Nicolas fait la moue.
Il déteste les avocats.
C'est vert et c'est mou.
Pire qu'une purée de pois.

« Et toi, Nicolas,
voudras-tu être pompier,
ou même policier ? »
demande papa.

« Moi, soupire Nicolas,
quand je serai grand,
je serai un papa.
Comme toi. »

Super papa

Papa   p a p

La politesse

On dit que faire pipi
au lit,
ce n'est pas gentil.

On dit que faire des pets
à la toilette,
c'est plus chouette.

On dit que faire des rots
au resto,
c'est macho.

Moi, dans mon bain,
ça me plaît bien
de libérer ces sons coquins.

Les poils

Quand je tousse,
j'ai des poils qui poussent.
Ça ne fait pas mal,
sauf si j'en avale.

Sur les bras de papa,
des poils, il y en a comme ça !
Si ça continue de pousser,
il deviendra un chimpanzé.

Les poils de maman
ne vivent jamais longtemps.
Sans relâche,
elle les coupe et les arrache
pour éviter que les araignées
viennent s'y loger.

Si je mange la pelure des kiwis,
je serai velu, moi aussi !
Si bien qu'en août,
j'aurai de la barbe jusqu'aux genoux.

Marmotte
à la
marmite

Des laitues, des carottes, du romarin,
dans mon jardin,
y'en avait tout plein.

Les poivrons, les choux,
les courges poivrées,
de mon potager
se sont envolés.

C'est Grignote,
notre marmotte,
qui se croyait rigolote
en les lançant dans sa glotte.

Pour me venger,
j'ai couru au verger
et rempli son terrier
de pommes dorées.
Hé! hé! hé!

J'aurais pu la menacer,
cette marmotte Grignote,
de la mettre à la marmite!

Mais elle a pris la fuite.
Pschtt!!!

Les
champignons

Si les limaces
font des grimaces,
c'est qu'elles n'ont que des champignons
pour collation.

Si les lucioles
scintillent et batifolent,
c'est qu'elles grignotent des griottes
sous le chapeau des pleurotes.

Si les sauterelles
bondissent jusqu'au ciel,
c'est qu'elles roucoulent dans le miel
sous la dentelle des chanterelles.

Si les bourdons
chantent leur chanson,
c'est qu'ils croquent des suçons
à l'ombre des mousserons.

L'homme-carie

Chez l'homme-carie,
il y a plein d'outils :
une brosse, une scie,
des aiguilles, des bistouris.
J'en frémis.

Chez l'homme-carie,
il y a aussi
une fée satinée,
tout enrobée
dans la soie
qu'elle enfile entre ses doigts
rien que pour moi.

Les petits pois

Au repas,
Lola joue avec ses pois.
Elle construit des pyramides et des châteaux,
des bolides et des chameaux.

Puis, c'est l'heure des dégâts.
Lola écrase ses pois
avec ses doigts
et fait de la bouillie pour les chats.

« C'est pas malin de faire ça! »
lui dit papa.

Alors, sagement, Lola les remet dans sa cuillère,
puis les catapulte en l'air.
En trombe,
les pois retombent
sur le caillou de grand-père.

Les tuyaux
de mamie

Le docteur de mamie a dit :
« Plus de beurre, mamie !
C'est dangereux pour vos tuyaux. »

Mamie m'a expliqué que ses tuyaux
sont remplis de sirop.
Le beurre vient boucher ses tuyaux
et bloquer son sirop !

Moi, je lui ai dit :
« Ne t'inquiète pas, mamie.
Si ça ne va pas, on ira à la quincaillerie.
Mange tes rôties ! »

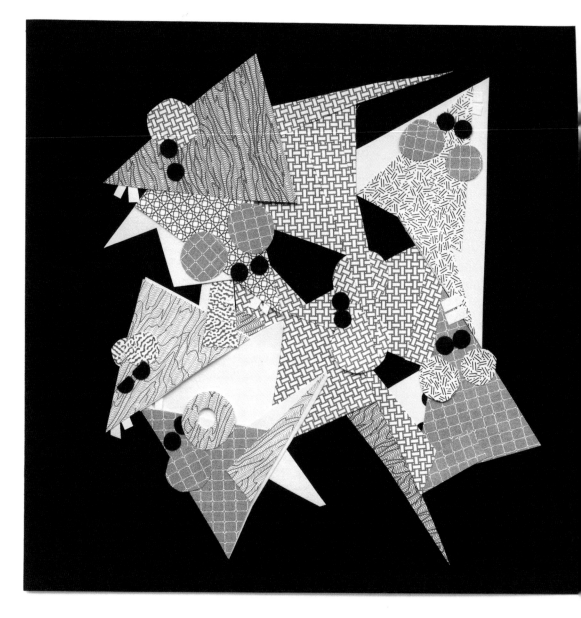

Ramage
de rats

Dans mon petit pot de beurre
vit une famille de rongeurs.

Voici le plus petit,
c'est le rat Courci.

Voici le plus grincheux,
c'est le rat Boteux.

Et là, l'endormi,
c'est le rat Molli.

La cervelle de nouille,
c'est le rat Tatouille !

L'oreille trouée,
c'est le rat Croché.

Le plus menteur,
c'est le rat Conteur.

Le plus âgé,
c'est le rat Tatiné.

Et le plus gourmand,
c'est le rat Goûtant !

Monsieur
Rutabaga

Des fraises des bois,
j'en ai cueilli trois
pour le roi
Rutabaga.

Je les ai nichées
dans la paille de mon panier.
Mais mon panier percé
a protesté,
tempêté
et craché
hors de sa bouche tressée
les trois fraises sucrées.

Sans sourciller,
Sa Majesté
a sitôt renvoyé mon panier
dans le pré !

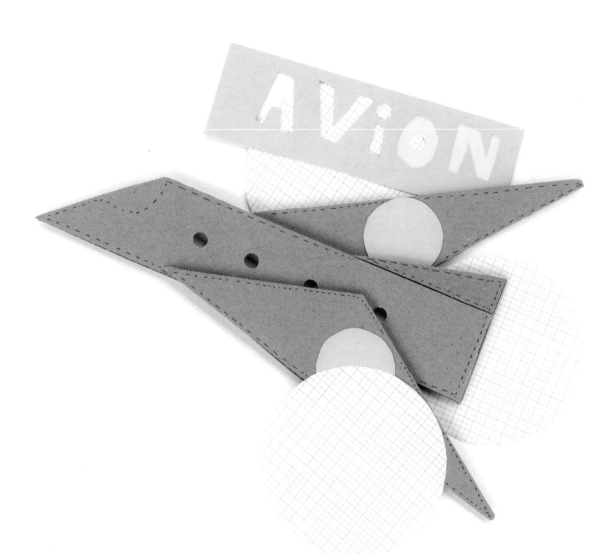

L'avion

Je me suis assis.
Ma ceinture de sécurité,
je l'ai bouclée,
on est partis.

Dans l'interphone,
une voix d'homme :
« Bonnes femmes et bonshommes,
ici le commandant Bougonne.
Sur Paris, le ciel est morne. »

L'avion a tremblé,
accéléré,
ma tête a basculé.
Dans mon siège, j'étais collé !
Ainsi, on s'est envolés.

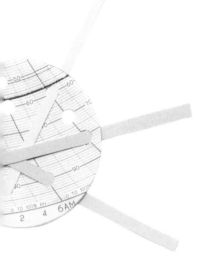

Vers minuit,
on nous a servi
le déjeuner au lit!

Mon hublot j'ai ouvert,
dans le ciel, il faisait clair.
La nuit s'était enfuie...
dans un autre pays.

L'oiseau de fer
m'avait permis
un voyage dans le temps
et l'univers.

Ronfle
qui peut

Pour m'embêter,
papa se met à ronfler.
Et notre lit,
à vibrer.
Et la tapisserie,
à décoller!

Au son de sa trompette,
je fais des galipettes.
Mais au bout d'un moment,
je grince des dents.

Et dans mon petit appartement,
le ventre de maman,
je dois être patient
et endurer les ronflements.

Vas-y, maman !
Appuie ta bedaine
contre mon papa Étienne
pour que je le cabosse
de mes talons féroces.

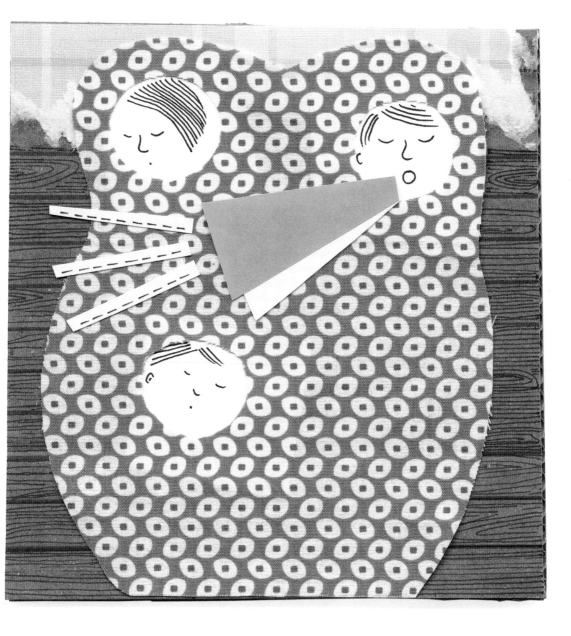

Les

nuages

Les nuages sont comme des escargots.
« Une, deux, trois, quatre ! »
Ils n'avancent qu'au petit trot,
parce qu'ils n'ont pas de pattes.

Mais les nuages n'en sont pas penauds,
car ils ont une cape
qu'ils cachent dans leur dos
pour voler jusqu'à Naples,
comme des super héros !

Les
mots

Un mot rigolo,
c'est cacao.

Un mot inouï,
c'est cacaoui.

Un mot bêta,
c'est caca d'oie.

Un mot chouette,
c'est cacahuète.

CACAO

CACAO

CACAROIE

CACAOUi

CACAHUETE

Marie-
Pommette

Le midi,
je cours à la chocolaterie.

Derrière son comptoir,
Marie-Pommette
aux joues rondelettes
m'ouvre son tiroir.

Pour chacun de mes invités,
une bouchée chocolatée.

Pour maman,
celle au caramel fondant.

Pour mamie,
des carrés de fruits confits.

Pour ma sœurette,
des pastilles à la noisette.

Pour mon frérot,
des boutons de cacao.

Et pour mon chat Tituffe,
une petite truffe.

La ronde autour du monde

Portant sa valise,
maman m'a fait la bise.

Puis,
elle est partie.

Au pays des tomates,
elle a composé une sonate.
Au pays des cigares,
elle a toussé comme une fanfare.
Au pays des fromages,
elle a rempli ses bagages.
Au pays des vins,
elle a pilé le raisin.
Au pays des épices,
elle s'est parfumée d'anis.

Ma mère
reviendra demain
au pays de l'hiver
et de l'été indien.

Illustrations : Marie-Pierre Normand
Révision : Janou Gagnon
Correction d'épreuves : Élyse-Andrée Héroux
Conception de la couverture : Marie-Eve Nadeau
Mise en pages : Marie-Eve Nadeau

Dépôt légal : 3ᵉ trimestre 2010
Bibliothèque et Archives nationales du Québec
Bibliothèque et Archives Canada
ISBN : 978-2-923735-11-5

© Planète rebelle, 2010.
Imprimé au Canada.

Achevé d'imprimer en mars 2014
sur les presses de
SoBook

Imprimé au Canada - Printed in Canada